A JORNADA ~~DO HERÓI~~ DA HEROÍNA

ou O Monomito for Dummies

Fran Briggs é Culpada
pela Criação & Arte e Cores

OUTROS TÍTULOS DA AUTORA

Anima
Mercenário$ — Especial
Mercenário$ Vol. 1
Mercenário$ Vol. 2
Mercenário$ Vol. 3
Mercenário$ Vol. 4

A JORNADA ~~DO HERÓI~~ DA HEROÍNA

ou O Monomito for Dummies

Créditos

Criação, Textos e Arte: Fran Briggs

Revisão: Guilherme Dei Svaldi

Jambô Livros divertidos

Rua Coronel Genuíno, 209 • Porto Alegre, RS
CEP 90010-350 • Tel (51) 3391-0289
contato@jamboeditora.com.br • www.jamboeditora.com.br

1ª edição: dezembro de 2019 | ISBN: 978858365118-5

Dados Internacionais de Catalogação na Publicação

B854j Briggs, Fran
A jornada da heroína / Fran Briggs. — Porto Alegre: Jambô, 2019.
80p. il.

1. História em quadrinhos. I. Svaldi, Guilherme Dei. II. Título.

CDU 82-91(084.1)

BEM-VINDO
A JORNADA DO HERÓI.
OU, NESSE CASO, A JORNADA DA HEROÍNA. TALVEZ VOCÊ CONHEÇA ESSA 'JORNADA' PELO NOME DE MONOMITO, MAS AMBOS SÃO BASICAMENTE UM CONCEITO NARRATIVO DE ESTÁGIOS, CAMINHOS OU PASSAGENS QUE SE REPETEM NOS MITOS, FÁBULAS OU HISTÓRIAS. ESSE CONCEITO FOI OBSERVADO PELO ESCRITOR E MITOLOGISTA JOSEPH CAMPBELL.

*É VERDADE, LI NA WIKIPÉDIA.
='D

APÓS ESTUDAR UM MONTE DE MITOS AO REDOR DO MUNDO, CAMPBELL OBSERVOU AS SEMELHANÇAS NARRATIVAS ENTRE VÁRIAS CULTURAS DISTINTAS E FOI EM SEU LIVRO O HERÓI DE MIL FACES QUE O ESCRITOR TORNOU O TERMO MONOMITO CONHECIDO.

(NA REAL ELE EMPRESTOU A PALAVRA MONOMYTH DO ESCRITOR JAMES JOYCE, MAS ISSO É SÓ UM DETALHE SOBRE CRÉDITOS AUTORAIS QUE QUASE NINGUÉM LIGA. EU LIGO PORQUE SOU DESSAS).

CAMPBELL ESTRUTUROU
ESSE CONCEITO NARRATIVO EM TRÊS
ESTÁGIOS: PARTIDA, INICIAÇÃO E RETORNO.
ELES SERVEM ATÉ HOJE COMO BASE PARA
VÁRIOS ESCRITORES E ROTEIRISTAS QUE OS
UTILIZAM PARA CONDUZIREM SUAS OBRAS.
REPARA BEM NA PRÓXIMA VEZ QUE
ASSISTIR STAR WARS. TÁ TUDINHO
LÁ, O TIO LUCAS DISSE.

PORÉM, FOI NO LIVRO
A JORNADA DO ESCRITOR DE
CHRISTOPHER VOGLER (ROTEIRISTA
HOLYWOODIANO), QUE OS 3 ESTÁGIOS DE
CAMPBELL FORAM DIVIDIDOS EM 12 ESTÁGIOS,
NUMA ESTRUTURA MAIS DETALHADA. OS 12
ESTÁGIOS PODEM SER VISTOS NESSA
IMAGEM NA PÁGINA AO LADO.

PORQUE É SEMPRE MAIS FÁCIL ENTENDER
TUDO NA VIDA QUANDO A GENTE
DESENHA, CERTO?
CERTO.

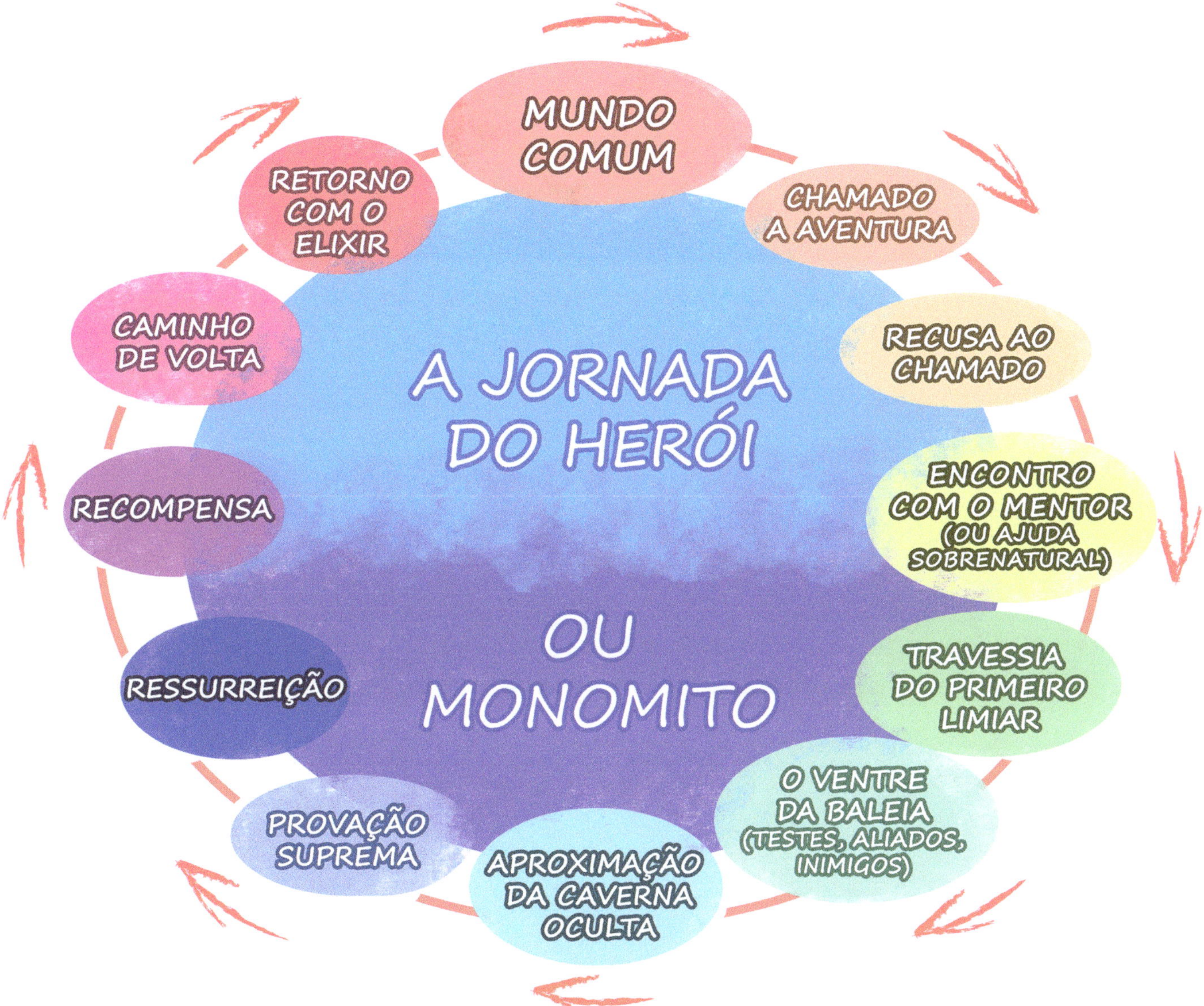
A JORNADA DO HERÓI
OU MONOMITO
MUNDO COMUM
CHAMADO A AVENTURA
RECUSA AO CHAMADO
ENCONTRO COM O MENTOR (OU AJUDA SOBRENATURAL)
TRAVESSIA DO PRIMEIRO LIMIAR
O VENTRE DA BALEIA (TESTES, ALIADOS, INIMIGOS)
APROXIMAÇÃO DA CAVERNA OCULTA
PROVAÇÃO SUPREMA
RESSURREIÇÃO
RECOMPENSA
CAMINHO DE VOLTA
RETORNO COM O ELIXIR

E NESTE
LIVRETO VOU ~~TENTAR~~ EXPLICAR
ESSES ESTÁGIOS, PARA ENTENDER DE
UM JEITO DEBOCHADO E DIVERTIDO O QUE
É, E COMO SE DESENVOLVE DENTRO DE
UMA NARRATIVA, CADA UM DESSES
ELEMENTOS.

PORQUE SABENDO
COMO FUNCIONA A ESTRUTURA
DA JORNADA DO HERÓI, O ESCRITOR
PODE DESCONSTRUIR, RECONSTRUIR,
OU SEJA, USAR COMO QUISER O
MONOMITO PARA CONTAR A
HISTÓRIA DE SEU PRÓPRIO
HERÓI. OU HEROÍNA.
=D

TODO MUNDO
SABE QUE A JORNADA
DO HERÓI PRECISA DE UM
INGREDIENTE BÁSICO CONHECIDO
COMO ***O PROTAGONISTA*** (QUE
NADA MAIS É QUE O PERSONAGEM
PRINCIPAL DA HISTÓRIA).
NESSE CASO AQUI PODE SER
ESSE CARA.

TA
DAAAA

MAS MINHA
MÃE DIZ QUE EU NÃO
SOU TODO MUNDO,
ENTÃO VOU USAR
ESSA MINA AÍ.

ACORDEI,
NÃO
RECOMENDO.
MÔU

NA REAL O
MONOMITO FUNCIONA COM
QUALQUER COISA. MESMO.
EU PODIA ATÉ USAR
ESSE DOG.

MAS POR MOTIVOS DE ~~PREGUIÇA DE DESENHAR BICHOS~~ REPRESENTATIVIDADE, VOU USAR A MINA MESMO.

TUDO COMEÇA
COM A PROTAGONISTA
EM SEU **MUNDO COMUM**.
QUE NADA MAIS É QUE A
SITUAÇÃO/MUNDO/COTIDIANO
~~TEDIOSAMENTE ORDINÁRIO~~ EM
QUE NOSSA HEROINA VIVE
OU SE ENCONTRA.

ENTÃO,
A HEROÍNA RECEBE
O CHAMADO À AVENTURA,
O MOMENTO EM QUE SURGE UM PROBLEMA/DESAFIO PARA ZUAR A ROTINA SEM GRAÇA DA NOSSA GAROTA. ESSE CHAMADO PODE SURGIR ATRAVÉS DE VÁRIAS FONTES: PESSOAS LIGADAS A PROTAGONISTA, SITUAÇÕES INESPERADAS, ELEMENTOS DA NATUREZA, LIGAÇÃO DE TELEMARKETING ÀS 7 DA MANHÃ,
ETC.

FULANA, VAI COMPRAR PÃO!

AQUI A
HEROÍNA PODE PRONTAMENTE
ATENDER OU SER UMA CABEÇUDA
E REAGIR COM A RECUSA AO CHAMADO,
A RECUSA AO CHAMADO É UM ELEMENTO
QUE PODE SERVIR PARA MOSTRAR MAIS
ASPECTOS DA HEROÍNA, COMO SEUS
CONFLITOS INTERNOS, PERSONALIDADE
CONTROVERSA, MEDO DO DESCONHECIDO
OU SÓ SUA BAITA PREGUIÇA
MESMO.

TÔ COM CALOR. VAI VOCÊ.

MAS, PARA
A HISTÓRIA ANDAR, NÃO IMPORTA
O QUANTO A PROTAGONISTA SE NEGUE,
EM ALGUM MOMENTO SERÁ CONVENCIDA
A ATENDER AO CHAMADO. SEJA
NATURALMENTE OU POR
MOTIVOS DE FORÇA
MAIOR.

VVUUUIIISH

DEPOIS
QUE ALGUÉM, ALGO OU A
PRÓPRIA CONSCIÊNCIA CONVENCE
A PROTAGONISTA A ATENDER AO
CHAMADO, ELA SE AFASTA DO
SEU MUNDO COMUM E SEGUE
EM DESTINO A SUA
JORNADA.

ARRE!
VOU CUSPIR
NOS PÃO DELA
TUDIM!

EM ALGUM PONTO
DO CAMINHO, A HEROINA
ENTRARÁ NO QUARTO ESTÁGIO:
ENCONTRO COM O MENTOR (OU
AJUDA SOBRENATURAL OU ENCONTRO COM O
MENTOR SOBRENATURAL OU ENCONTRO COM
O SOBRENATURAL QUE É UM MENTOR...
TSC, VOCÊS ENTENDERAM).

O **MENTOR**,
ASSIM COMO A PROTAGONISTA,
PODE TER VÁRIOS ASPECTOS, SER
QUALQUER TIPO DE PESSOA, CRIATURA
OU ELEMENTO MÁGICO. MAS VOU USAR
ESSE ~~VÉIO~~ IDOSO BEM GENÉRICO, COM
APARÊNCIA DE MAGO (QUE REUNE OS
ELEMENTOS SABEDORIA+SOBRENATURAL),
PARA MOSTRAR COMO UM CLICHÊ
PODE SER INTERESSANTE.
~~OU NÃO~~.

TU É UM DAQUELES VÉIO MENDIGO SÁBIO QUE AJUDA AS PESSOA!
QUE VELHO MENDIGO, GAROTA! EU SOU UM ESTUDANTE DE HUMANAS.

VOU TE BATER UMA REAL, TU TÁ MEIO GASTO PRA UM ESTUDANTE.
É QUE FICO MUITO NA INTERNET, SEM PEGAR SOL. DEFICIÊNCIA EM VITAMINA D, TÁ LIGADA?

O **MENTOR** TAMBÉM
INSPIRA A HERÓINA A ENXERGAR E
ACEITAR A IMPORTÂNCIA DE SUA MISSÃO,
VENCER O MEDO. ELE SERVE COMO UM
EMPURRÃO EXTRA ~~PARA JOGAR NO BURACO~~
PARA LANÇAR DECIDIDAMENTE A HERÓINA EM
SUA JORNADA. POR ISSO, EM MUITOS CASOS
AUTORES TAMBÉM OPTAM POR USAR O
MENTOR ESCURO, OU SEJA, O MENTOR
SERVE DE ISCA PARA ATRAIR A
PROTAGONISTA AO
PERIGO.

E TU? POR QUE TÁ ZANZANDO POR AÍ JULGANDO A APARÊNCIA DOS OUTROS?
EU? É UMA LONGA HISTÓRIA CURTA QUE COMEÇOU COM A MINHA MÃE MANDANDO EU IR COMPRAR PÃO, AÍ ELA ME AGREDIU FISICAMENTE E FUI OBRIGADA A OBEDECER. AÍ TE VI AQUI NO MEIO DO CAMINHO, BRISANDO.
SE TU NÃO É MENDIGO TÁ PEDINDO DINHEIRO POR QUE?
NÃO TO PEDINDO NADA. TO LUTANDO CONTRA O CAPITALISMO SELVAGEM VENDENDO MIÇANGAS E FATIAS DE BROWNIE SEM CONSERVANTES QUE EU MESMO PREPARO...
...USANDO APENAS ERVAS NATURAIS QUE PLANTO NO QUINTAL DOS FUNDOS DA CASA DA MINHA AVÓ, SEM ELA SABER.
AH, TO LIGADA.

O **MENTOR** TEM COMO OBJETIVO ENSINAR, TREINAR, ORIENTAR A HEROÍNA. O TREINAMENTO PODE SER FÍSICO OU MENTAL, EXERCITANDO A MENTE E CONSCIÊNCIA DA HEROÍNA SOBRE O MUNDO À SUA VOLTA E A JORNADA A SUA FRENTE. AINDA QUE ELA NÃO ENTENDA LHUFAS DO QUE O MENTOR ESTÁ DIZENDO NAQUELE MOMENTO, EM ALGUM PONTO DA HISTÓRIA SEUS ENSINAMENTOS SERÃO VITAIS PARA O ÊXITO DA PROTAGONISTA.

MAS O PÃO TAMBÉM É MUITO IMPORTANTE, POIS O TRIGO É A BASE DA ALIMENTAÇÃO DE MUITOS POVOS. TU TEM UMA MISSÃO VITAL.
É VITAL SIM, SE NÃO LEVAR O PÃO, MINHA MÃE ME MATA.

ENTÃO, SEU MOÇO MUITO VELHO PRA SER CHAMADO DE MOÇO, ESSES SEUS BOLINHOS DIFERENCIADOS NÃO ME ADIANTAM DE NADA. MAS SE SENHOR ME DISSER QUE TEM UM PÃOZINHO AÍ E ME POUPAR DE ANDAR ATÉ A PADARIA NO FIM DO MUNDO, A GENTE FAZ NEGÓCIO.
NÃO TENHO PÃO, GURIA, MAS VOU TE ARRANJAR UMAS PARADAS PRA TE AJUDAR EM SUA JORNADA.

O **MENTOR**
É UM PROVEDOR E ÀS VEZES PRESENTEIA A HERÓINA COM ITENS QUE A AJUDARÃO EM SUA JORNADA. OS ARTIGOS PODEM SER UMA CHAVE, UMA PEÇA IMPORTANTE, UMA PISTA, POSSUINDO PROPRIEDADES MÁGICAS OU NÃO. SABE COMO É: *CAVALO DADO NÃO SE OLHA OS DENTES*. O MAIS IMPORTANTE É QUE ESSES PRESENTES DEVEM SER MERECIDOS. A PROTAGONISTA DEVE FAZER ALGO PARA GANHÁ-LOS, *AINDA QUE SEJA SÓ OUVIR O PAPO FURADO DE UM MENTOR MEIO MALUCO.*

VOU TE DAR ESSE REMÉDIO PRA CONJUNTIVITE COM A VALIDADE VENCIDA. FAÇA USO DELE COM SABEDORIA.
SÉRIO, COLEGA, SÓ QUERO CHEGAR NA PADARIA, NÃO PRECISO DO SEU REMÉDIO ESTRAGADO.
LEVA TAMBÉM ESSE GATO QUE APARECEU AQUI DE REPENTE. ELE FICA ME ENCARANDO, ME DÁ MEDO.
ESSE É O ADALBERTO, MEU GATO!
COMO ELE CHEGOU AQUI? *QUANDO* ELE CHEGOU?!
LEVA TAMBÉM ESSA PRECIOSA CAIXINHA ONDE GUARDO AS UNHAS DO MEU PÉ QUE CAÍRAM NATURALMENTE. NÃO VOU MAIS PRECISAR DELAS MESMO.
MANO DO CÉU!

APÓS O ENCONTRO
COM O MENTOR, A HEROÍNA
SEGUE PARA O QUINTO ESTÁGIO: A
TRAVESSIA DO PRIMEIRO LIMIAR.

TCHAU MOÇO MUITO ESTRANHO! ESPERO NÃO TE ENCONTRAR POR AÍ TÃO CEDO E VALEU PELAS TRALHAS ESQUISISTRANHAS QUE TU ME OBRIGOU A CARREGAR E QUE PROVAVELMENTE NÃO VOU USAR NUNCA!

É NA TRAVESSIA
DO PRIMEIRO LIMIAR QUE A
PROTAGONISTA ADENTRA O MUNDO
MÁGICO, ALTERNATIVO, DIFERENTE DO
SEU MUNDINHO COMUM. O MUNDO
ESPECIAL DO SEGUNDO ATO
DE SUA AVENTURA.

AI, AI! TÁ VENDO PORQUE EU NÃO QUERIA COMPRAR PÃO, ADALBERTO? OLHA AS QUEBRADAS TENSAS QUE TENHO QUE ATRAVESSAR PRA CHEGAR NA PADARIA.

NHÉ! JÁ QUE TENHO QUE FAZER ISSO, É MELHOR FAZER DE UMA VEZ!

ASSIM,
NOSSA HEROÍNA
ADENTRA O SEXTO ESTÁGIO:
O VENTRE DA BALEIA. LÁ
PASSARÁ POR TESTES, FARÁ
ALIADOS E DESCOBRIRÁ
EMBUSTES.

A LÁ
ELA, A
PADARIA.

OS **TESTES** SERÃO
FÍSICOS OU PSICOLÓGICOS
E FARÃO NOSSA PROTAGONISTA
EVOLUIR PARA ENFRENTAR NOVOS
DESAFIOS. UM DESSES TESTES SE DÁ
AO DESCOBRIR, POR ELA MESMA, EM
QUEM PODE, OU NÃO,
CONFIAR.

E CLARO QUE É
AÍ QUE, DE QUEBRA, ELA
TAMBÉM ACABA ARRANJANDO
AQUELAS BAITAS DORES DE
CABEÇA, CONHECIDAS COMO
~~FALSIANES~~ INIMIGOS.

PADARIA
ENTRE POR SUA CONTA E RISCO
TUDO BEM, SEU PADEIRO, ME VÊ LIGEIRO TRÊS PÃO QUENTINHO.
QUEM OUSA INVANDIR MINHA TORRE?

EU QUE, OUSO FULANA CICLANA DA SILVA BELTRANO. E VIM COMPRAR PÃO.

NÃO TEM PÃO HOJE. APENAS DOR E SOFRIMENTO!
ÉGUA, O MOTIVO PRA ESSE MAU HUMOR TODO AÍ É POR CAUSA DE QUÊ?

TAMBÉM ESTARIA PAU DA VIDA SE TIVESSE CONJUNTIVITE NESSE TANTO DE OLHOS!
IH, RAPAZ, MÓ FITA, HEIN?
A DANAÇÃO É TAMANHA QUE NEM A FARINHA PARA FAZER PÃO EU FUI BUSCAR.
MOÇO, TENHO AQUI REMÉDIO PROS SEUS ZÓIU E TE ARRANJO, SE TU ME ARRUMAR UNS PÃO.
MÔU.
ADALBERTO DE DEUS! TU É UM GÊNIO!

TOMA AQUI O REMÉDIO DANADO DE BÃO. TÁ FORA DA VALIDADE, MAS TU É UM MONSTRO, ENTÃO TÁ SUSSA, NÉ?
GRATO. MAS COMO EU DISSE...
JOGA
...NEM A FARINHA EU FUI COMPRAR, ENTÃO, SE QUISER PÃO VAI TER QUE ME ARRUMAR ISSO.
MAS QUE RAIO DE DIFICULDADE O TEMPO TODO!
SUA MISSÃO SERÁ ÁRDUA!
TERÁ DE SUBIR OS PICOS BRANCOS E CONVENCER O TERRÍVEL DONO DO MORRO A TE VENDER UM QUILO DA MAIS PURA FARINHA!
TÁ, SEI, AHAM! VOU ATRÁS DESSA DESGRAÇA E TU VAI ME FAZER ESSES MALDITOS PÃES MUITO DOS BEM FEITOS!

APÓS SE ADAPTAR AO
MUNDO MÁGICO/ESPECIAL, PASSAR
PELOS TESTES E FAZER NOVOS ALIADOS
(E INIMIGOS) A NOSSA HEROÍNA ESTÁ PRONTA
PARA A APROXIMAÇÃO DA CAVERNA OCULTA.
AQUI SE ENCONTRA O DESAFIO CENTRAL DA
TRAMA QUE RUMA AO SEU DERRADEIRO FIM.
ENTRE MAIS ALGUNS OBSTÁCULOS SURGIRÁ
ENFIM O 'CHEFÃO FINAL'. ESSE 'CHEFÃO'
NÃO PRECISA SER UM PERSONAGEM, PODE
SER UM SENTIMENTO, UM TRAUMA, UMA
TRETA DE CONDOMÍNIO, ENFIM,
VAI DA IMAGINAÇÃO
DO AUTOR.

EM TODOS OS ANOS NESSA INDÚSTRIA VITAL, É A PRIMEIRA VEZ QUE ISSO ACONTECE QUANDO SAIO PARA COMPRAR PÃO, ADALBERTO.
FINALMENTE, ESTAMOS QUASE LÁ, NOS *PICOS BRANCOS*!

A APROXIMAÇÃO
DA CAVERNA OCULTA (TAMBÉM
VISTA COMO UM *NOVO MUNDO MÁGICO*),
PODE SER AOS POUCOS, ATÉ MESMO SEM
QUE A HERÓINA SE DÊ CONTA DE ONDE ESTÁ
SE METENDO. MAS TEM QUEM PREFIRA UMA
APROXIMAÇÃO OUSADA OU *METER O LOUCO*.
IGUAL EUZINHA NOS MEUS RPGS. E COMO A
NOSSA PROTAGONISTA É ~~SEM NOÇÃO~~
CONFIANTE, VAI DE CARA MESMO PORQUE
TENHO POUCAS PÁGINAS PARA
CONTAR ESSA HISTÓRIA E JÁ
ESTOU FICANDO COM
PREGUIÇA.

OLHA, NÃO SEI VOCÊ, MAS COMEÇO A ACHAR QUE A GENTE DEVIA REPENSAR ESSA COISA DE COMER PÃO.
QUEM É VOCÊ QUE ADENTRA MEUS DOMÍNIOS E ME DESPERTA DE MEU SONO SAGRADO?
DIGA SUAS ÚLTIMAS PALAVRAS!

GENTE, TÔ DE CARA!
POR QUE? NÃO IMAGINOU VER UM DRAGÃO NUMA AVENTURA FANTÁSTICA?
NA REAL É PORQUE TU TÁ NUM TRAÇO MUITO REALISTA PRA ESSA HISTÓRIA MAL DESENHADA.

AH, QUE BELEZA! TÁ MELHOR ASSIM? PODEMOS SEGUIR A HISTÓRIA, MINHA LINDA?
BORA?
OPA! AGORA TÁ ORNANDO!
UHUM. PERDEU O QUE AQUI, INFERNO?
VIM COMPRAR FARINHA, MOÇO. TENHO LA PLATA.

AQUI A
HEROÍNA PASSA PARA O
ESTÁGIO DA PROVAÇÃO SUPREMA E
A ESSA ALTURA DEVE ESTAR PREPARADA
PARA O NOVO CONFLITO. OU SEJA, NOSSA
PROTAGONISTA FARÁ USO DE TODO O SEU
REPERTÓRIO DE ITENS, CONHECIMENTO E
MALANDRAGEM ADQUIRIDOS AO LONGO DO
CAMINHO. ELA PODERÁ CONTAR COM A
AJUDA DE ALIADOS OU PASSAR POR
ESSE NOVO OBSTÁCULO
SOZINHA.

NÃO PRECISO DO SEU DINHEIRO. SOU CHEIO DAS FORTUNA. ENTÃO VAZA.
É? BOM, TU TEM MUITO OURO AÍ, MAS...
...APOSTO QUE NÃO TEM ESSA INCRÍVEL...
...CAIXA DE SCHRÖDINGER!

UMA BOA
COISA A FAZER NESSE PONTO É
MOSTRAR QUE DETALHES DA HISTÓRIA,
QUE PARECIAM BOBAGEM, ESTAVAM LÁ
POR ALGUM MOTIVO. SEJA UM OBJETO, UM
PERSONAGEM OU UMA FRASE. ISSO SATISFAZ
E SURPREENDE O PÚBLICO QUE AMA TENTAR
SOLUCIONAR OS MISTÉRIOS E ENCONTRAR
EASTER EGGS. USE ESSES DETALHES
NOS MOMENTOS CERTOS E NÃO
DEIXE PONTAS
SOLTAS. =3

CAIXA DE SCHRÖDINGER? O QUE SERIA ISSO?
É UM MISTÉRIO! SE ABRIR, TU DESCOBRE O VALOR DO CONTEÚDO.
MAS SE NÃO ABRIR, O VALOR SERÁ PRA SEMPRE INCALCULÁVEL!
E SERÁ TODO SEU POR APENAS UM SACO DA BRANQUINHA!
INCALCULÁVEL ME PARECE BASTANTE VALIOSO!

E APÓS TANTOS
PERCALÇOS NA VIDA DA NOSSA
HERÓINA, FINALMENTE ELA CHEGA AO
ESTÁGIO DA RECOMPENSA! A SUJEITA
VENCEU O GRANDE PERIGO, CONFRONTOU
SEUS TEMORES, DESAFIOU SUA PRÓPRIA
CAPACIDADE E SUPEROU SUAS 'SOMBRAS/
FALHAS/PREGUIÇA' (SEJA PASSANDO POR
CIMA OU ABRAÇANDO COMO PARTE DE SI).
POR TUDO ISSO, DEVE RECEBER
OS LOUROS PELO SEU
ESFORÇO.

NEM ACREDITO QUE PASSEI A PERNA NO DONO DO MORRO! ATÉ QUE AQUELA PORCARIA QUE O VELHO DEU SERVIU PRA ALG-

VUUUSHHH

APÓS COMEMORAR E
REFLETIR SOBRE SUA JORNADA, E
EM POSSE DA RECOMPENSA, NOSSA
HEROÍNA INICIA O SEU CAMINHO DE VOLTA.
AQUI É AQUELE MOMENTO ONDE UM AUTOR
SÁDICO DECIDE USAR MAIS RECURSOS
NARRATIVOS DO MONOMITO E RESOLVE
MOSTRAR QUE O GRANDE PERIGO NÃO
ESTAVA TOTALMENTE SUPERADO. AÍ
QUE NOSSA PROTAGONISTA TERÁ QUE
FAZER UM SACRIFÍCIO SUPREMO,
E ELA MEIO QUE MORRE.

POW
E DA PRÓXIMA VEZ VAI DAR UNHA VELHA PRA SENHORA SUA MÃE! TÁ ACHANDO QUE DRAGÃO É BAGUNÇA?!

SE O AUTOR ~~NÃO FOR UM PSICOPATA~~ PREFERIR UM HAPPY END USARÁ ISSO PARA ENTRAR NO ESTÁGIO DA RESSURREIÇÃO. ESSA 'MORTE E RESSURREIÇÃO' PODE SER FÍSICA OU SIMBÓLICA ('A MORTE' DO EGO, DE UM DEFEITO, ETC). É QUANDO A PROTAGONISTA PASSA POR UMA PURIFICAÇÃO ANTES DE VOLTAR AO MUNDO COMUM. ELA DEVE CRIAR UM 'NOVO EU', LIVRE DE ANTIGOS COMPORTAMENTOS, PROVANDO QUE SOFREU ALGUMA MUDANÇA EM SUA AVENTURA (SEJA PARA O BEM OU PARA O MAL).

7 VIDAS-1 =
6 VIDAS
1 VIDA-1=
MORTE
HORRÍVEL.
ADALBERTO,
TU ME PASSOU
UMA DAS SUAS
VIDAS PEIDANDO
NA MINHA CARA!
OBRIGADA!
FÓIM
AGORA
SEI QUE O
CRIME NÃO
COMPENSA!

E A HEROÍNA
RESSURGE MAIS FORTE, PLENA, DONA DA P@##% TODA. A REAL É QUE ÀS VEZES ELA NEM ESTICA A CARCAÇA NÃO, E ESSE RECURSO SÓ É USADO PARA MOSTRAR A HERÓINA ENGANANDO A MORTE *(E O PÚBLICO, QUE FICA ACHANDO QUE ELA BATEU AS BOTAS E NO FIM ERA TIPO UM EPISÓDIO DE DRAGON BALL ONDE NINGUÉM MORRE DE VERDADE).* E DEPOIS DO MUNDARÉU DE PROVAÇÕES E DA AGONIA DO MORRE-NÃO-MORRE-MORRE-RESSUSCITA, NOSSA GAROTA SEGUE RUMO A CONCLUSÃO DE SUA JORNADA, CARREGANDO COM ELA O QUE FOI BUSCAR. RETORNANDO COM O ELIXIR.

OBRIGADO E NÃO VOLTE SEMPRE!
DE NADA, SERÁ UM PRAZER NUNCA MAIS DAR AS CARAS POR AQUI! ATÉ NUNCA MAIS. FORTE ABRAÇO!

POSSO FINALMENTE VOLTAR PRA CASA E FAZER NADA EM PAZ PELO RESTO DO DIA! AMÉM, SENHOR!

O ELIXIR
É ALGO QUE PODE
SER RETRATADO COMO UM ELEMENTO
FÍSICO OU INTANGÍVEL. NO CASO DA
NOSSA PROTAGONISTA, ALÉM DAS LIÇÕES
QUE APRENDEU (QUE PODE SER UM TIPO DE
ELIXIR PARA A VIDA), ELA RETORNA COM
AQUILO QUE VAI SALVAR O LANCHINHO DA
TARDE E A LIVRAR DE UMAS BOAS
BORDOADAS NO
LOMBINHO.

CLARO QUE TEM
HISTÓRIAS ONDE O HERÓI NASCE
BURRO, NÃO APRENDE NADA E AINDA
ESQUECE A METADE. MAS NÃO É O
CASO DA NOSSA HEROÍNA AQUI.
BOM... É 50% DO CASO DELA.
DE TODO MODO, PODEMOS DIZER
QUE A PROTAGONISTA CONCLUIU
SUA MISSÃO, ESTÁ DE VOLTA
AO SEU MUNDO
COMUM...

...E
QUE A SUA JORNADA
CHEGOU AO FIM. SERÁ?

PARA RESPONDER
ESSA DÚVIDA DEIXO AQUI UM
EXEMPLO NA PRÁTICA DO QUE
CHRISTOPHER VOGLER APRESENTA
COMO FINAL ABERTO. TIRE SUAS
PRÓPRIAS CONCLUSÕES.
OBRIGADA, DE NADA!
=D

TÁ AQUI SEU PÃO. NÃO ME PEÇA MAIS NADA.
IH, VAI TER QUE VOLTAR NA PADARIA, FILHOTA. ESQUECI DO LEITE.
...
NOOOOO!!!
FIM...?

A JORNADA DA CAPA

Ou o Passo a Passo da Produção da Cara do Livro

Etapa 1 - Esboço + Rabiscos, Definição de Elementos no Enquadramento

Etapa 2 - Definição de Esboço + Arte Final

Etapa 3 - Volume + Profundidade com Luz e Sombra

Etapa 4 - Cor Base + Layer em Multiply

Etapa 5 - Junção de Cor Base + Luz e Sombra

Etapa 6 - Finalização com Background + Efeitos de Luz + Brilho + Saturação

Ah! E se tá se perguntando o que é essa àrea azul em volta dos 5 primeiros desenhos, saiba que essa é a marcação da Sangria: Basicamente tudo o que estava nessa àrea foi cortado na gráfica. É tipo um trabalho que tu faz e ninguém vai nem ver. ;_;

Primeira versão da página 65, que não entrou porque errei na continuidade narrativa. Mas, como tive trabalho fazendo um quadro que não foi utilizado, vou enfiar aqui como extra também. -0-/

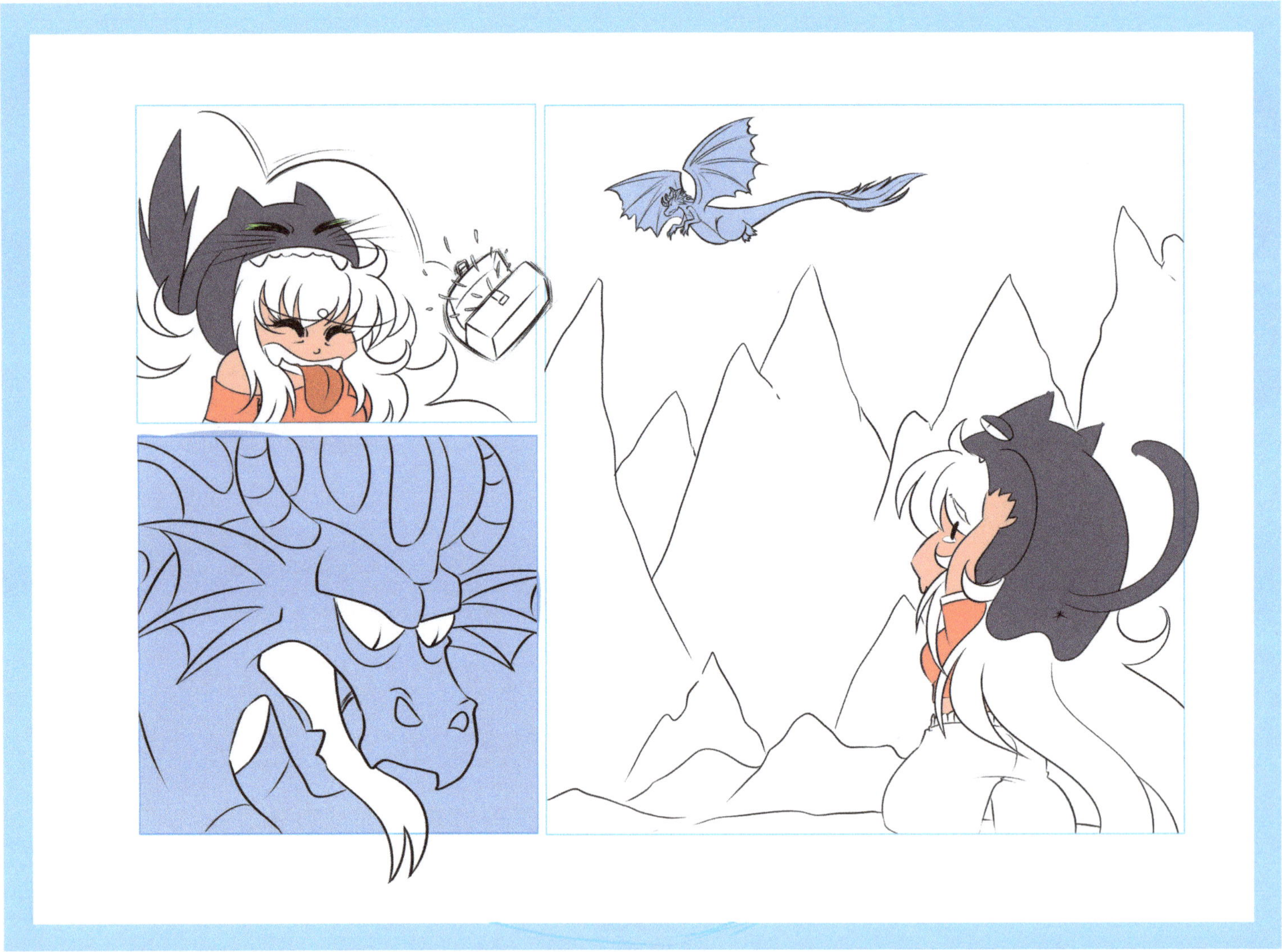

Fontes de Pesquisa

Google - Lembre-se: A internet jamais mentiria para nós. Né?

O Herói de Mil Faces/Joseph Campbell - Ainda não acabei de ler o livro porque a fonte dele é minúscula e cansativa. Falomermo.

A Jornada do Escritor/Christopher Vogler - Acabei de ler, no metrô.
Recomendo.

Quero mandar um beijo
pra minha mãe, pro meu pai e pro
meu marido **Gui Briggs**, que me
fez acreditar que esse projeto
valia a pena (se for bem o mérito é
meu, se for mal a culpa é sua).

Quero mandar outro beijo pra
Anna G., minha parceira de crimes/projetos/
amiga que me suporta e que também me
fez acreditar que eu podia desenhar isso
(a culpa é sua também, teje avisada).

E beijos pras queridas **Maki, Lívia,**
Pri e JC Gray! Culpo vocês também
porque a culpa é minha e é enorme,
então vou distribuir pra quem
eu quiser! ò.o/